मास्टर जी

रवीन्द्रनाथ ठाकुर

राजपाल

स्थापित 1912
100 वर्षों की श्रेष्ठ प्रकाशन परम्परा
राजपाल

₹ 45

ISBN : 9788170287803

MASTER JI (one-act play) by Rabindranath Tagore

मुद्रक : जी.एस. ऑफसेट, दिल्ली

राजपाल एण्ड सन्ज़

1590, मदरसा रोड, कश्मीरी गेट, दिल्ली-110006

फोन : 011-23869812, 23865483, 23867791

website : www.rajpalpublishing.com

e-mail : sales@rajpalpublishing.com

www.facebook.com/rajpalandsons

क्रम

मास्टर जी

(छात्र का नाम है मधुसूदन। उसे मथुरानन्द मास्टर ट्यूशन पढ़ा रहे हैं। कमरे में मधुसूदन के पिता अजय बाबू का प्रवेश)

अजय बाबू : कहिये मथुरानन्द बाबू, मधुसूदन की पढ़ाई कैसी चल रही है?

मथुरानंद : मधुसूदन शरारती तो बहुत है, पर पढ़ाई-लिखाई में काफी तेज है। कोई बात बार-बार बतानी नहीं पड़ती। बस एक बार पढ़ा दो, वह भूलता नहीं।

अजय बाबू : अच्छा! तो मैं भी जरा देखूं कि वह कितना होशियार है।

मथुरानंद : देखिये। खुशी से देखिये।

मधुसूदन : (मन ही मन में) कल मास्टर जी ने वह धुनाई की थी कि हड्डियां आज भी दुःख रही हैं। आज लेता

हूं बदला। इनकी भी छुट्टी न करवा दी तो मेरा भी नाम नहीं।

अजय बाबू : क्यों मधु, याद है सब ?

मधुसूदन : जो कुछ मास्टर जी ने पढ़ाया, सब याद है।

अजय बाबू : अच्छा, तो बता कि उद्‌भिद किसे कहते हैं ?

मधुसूदन : जो उगे, यानी मिट्टी को फोड़कर जो उसमें से ऊपर निकले।

अजय बाबू : कोई उदाहरण इसका ?

मधुसूदन : केंचुआ।

मथुरानंद : (गुस्से में आंखें तरेरकर) क्यों रे, क्या कहा ?

अजय बाबू : जरा ठहरिये मास्टर जी, अभी आप कुछ न बोलिये।

(मधुसूदन से) तुमने कविता पढ़ी है। यह बताओ कि वन में क्या खिलता है ?

मधुसूदन : कांटा।

(मथुरानंद बेंत उठाते हैं)

क्यों गुरुजी, मारते क्यों हैं ? मैं कोई झूठ कहता हूं ?

अजय बाबू : अच्छा, सिराजुद्दौला को किसने मिटाया ? इतिहास क्या कहता है ?

मधुसूदन : कीड़ों ने।
(मथुरानंद दो-तीन बेंत मारते हैं)
जी, खामखाह मार खानी पड़ती है। सिर्फ सिराजुद्दौला को ही क्यों, सारे इतिहास को ही कीड़े चाट गये हैं। यह देखिए।
(पुस्तक दिखाता है। मथुरानंद मास्टर सिर खुजाते हैं।)

अजय बाबू : व्याकरण याद है?

मधुसूदन : जी, है।

अजय बाबू : 'कर्त्ता' क्या है? जरा उदाहरण के साथ समझाओ तो।

मधुसूदन : जी, कर्त्ता तो उस टोले के जयलाल मुंशी हैं।

अजय बाबू : क्यों, कैसे?

मधुसूदन : वह हमेशा क्रिया-क्रर्म को ही लिये रहते हैं।

मथुरानंद : (गुस्से में) तुम्हारा सिर।
(पीठ पर बेंत जमाते हैं)

मधुसूदन : जी सिर नहीं, वह तो पीठ है।

मथुरानंद : षष्ठी-तत्पुरुष किसे कहते हैं?

मधुसूदन : पता नहीं।
(मथुरानंद बेंत दिखाकर धमकाते हैं)
इसको तो अच्छी तरह जानता हूं,—यह है यष्टि तत्पुरुष।

(अजय बाबू का हंसना और मथुरानंद का कुढ़कर रह जाना)

अजय बाबू : अंकगणित सीखा है :

मधुसूदन : जी, हां।

अजय बाबू : अच्छा, अगर तुम्हें साढ़े छह पेड़े देकर यह कहा जाये कि पांच मिनट तक पेड़े खाने के बाद जो पेड़े बचें उन्हें तुम अपने छोटे भाई को दे दो। एक पेड़ा खाने में तुम्हें दो मिनट लगते हैं। बताओ, तुम अपने भाई को कितने पेड़े दोगे ?

मधुसूदन : एक भी नहीं।

मथुरानंद : वह क्यों ?

मधुसूदन : सब खा डालूंगा। एक भी नहीं दे पाऊँगा।

अजय बाबू : अच्छा, बड़ का एक पेड़ रोज एक सेंटीमीटर बढ़ता है। इस मई की पहली तारीख को वह एक मीटर का था, तो अगले साल की पहली तारीख को वह कितना ऊँचा होगा ?

मधुसूदन : पेड़ टेढ़ा हो जाये तब तो कहना मुश्किल है; हां, अगर सीधे ऊपर की ओर बढ़ता रहा तो नाप कर देखने पर उसकी ऊँचाई का

पक्का पता लग सकेगा; और अगर इसी बीच सूख गया, तब तो कोई बात ही नहीं।

मथुरानन्द : मार खाये बिना तुम्हारी अक्ल के दरवाजे नहीं खुलते। कमबख्त, मार-मारकर कमर टेढ़ी कर दूंगा।

अजय बाबू : मथुरानंद बाबू, यह आपका वहम है। मारपीट से शायद ही कोई काम बन पाता है। कहा है कि गधे को पीटकर घोड़ा नहीं बनाया जा सकता, पर अकसर घोड़ा पिटते-पिटते गधा हो जाता है। आप अपने बेंत समेत यहां से तशरीफ ले जायें। कुछ दिन मधुसूदन की पीठ सुस्ता ले तो मैं खुद ही इसे पढ़ाऊँगा।

मधुसूदन : (मन ही मन) आह, जान बची।

मथुरानंद : जान बची, साहब। इस लड़के को पढ़ाना मजदूर का काम है; सोलहों आने मैनुअल लेबर। तीस दिन एक लड़के को पीट कर मुझे सिर्फ पांच रुपये मिलते हैं; उतनी ही मेहनत से कहीं छत-वत पीटूं तो कम-से-कम दस रुपये तो मिल जायेंगे।

दानवीर दुकौड़ी

पहला दृश्य

(वकील दुकौड़ीदत्त कुर्सी पर बैठे हैं । हाथ में बही लिये कंगाली-चरण का डरते-डरते प्रवेश)

दुकौड़ी : कहिये, क्या चाहिए ?

कंगाली : जी, आप ठहरे देश-हितैषी ...

दुकौड़ी : सो तो ठीक है, लेकिन तुम्हें कहना क्या है ?

कंगाली : जी, कहना तो कुछ खास नहीं है ।

दुकौड़ी : तो जल्दी से कह डालो न ।

कंगाली : थोड़ा-सा डूब कर देखने पर आपको यह तो मानना ही पड़ेगा कि 'गानात् परतम् नहि' ...

दुकौड़ी : भाई जान, डूब कर देखने और मानने से पहले जरूरी है कि जो बात तुमने कही है, उसका अर्थ मालूम हो। उसका अनुवाद करके बताओ।

कंगाली : जी, अनुवाद तो ठीक-ठीक नहीं जानता, पर सार यह है कि गायन जो चीज है, उसे सुनने में बहुत आनंद आता है।

दुकौड़ी : सबको नहीं आता।

कंगाली : गायन जिसे पसन्द नहीं, वह होता है ...

दुकौड़ी : वकील श्रीयुत् दुकौड़ी दत्त।

कंगाली : जी, ऐसा न कहिये।

दुकौड़ी : तो क्या झूठ कहूं।

कंगाली : आर्यावर्त में भरत मुनि प्रथम ...

दुकौड़ी : भरत मुनि पर कोई मुकद्दमा हो तो बताओ, वरना भाषण बन्द करो।

कंगाली : बहुत बातें कहनी थीं ...

दुकौड़ी : लेकिन बहुत बातें सुनने का रागय नहीं है।

कंगाली : तो संक्षेप में ही कहता हूं। इस

महानगरी में संगीत उत्थान सभा स्थापित हुई है, उसमें हुजूर को ...

दुकौड़ी : भाषण करना होगा ?

कंगाली : जी नहीं।

दुकौड़ी : तो फिर क्या करना होगा, बताओ तो सही। गाना गाना और गाना सुनना ये दो काम मुझसे न कभी हुए, न होंगे। यह बात मैं पहले ही से कहे दे रहा हूं।

कंगाली : हुजूर को इनमें से एक भी काम करना नहीं होगा।

(बही बढ़ाकर)

केवल यथा योग्य चन्दा ...

दुकौड़ी : (हड़बड़ाकर उठते हुए) चन्दा-ा-ा ! आह, सत्यानास ! तुम तो बड़े मक्कार हो जी। भलेमानस की तरह मुंह लटका कर आये तो मैं समझा किसी मामले-मुकद्दमे के चक्कर में पड़ गये हो। चन्दे की अपनी यह बही-वही उठाओ और अभी जाओ यहां से। ...वरना जबरदस्ती घर में घुसने के जुर्म में पुलिस केस कर दूंगा।

कंगाली : मांगा चन्दा, और मिला ... (मन ही मन –तुम्हें सीधा करके रहूंगा)

दूसरा दृश्य

(कई अखबार लिए हुए दुकौड़ी बाबू)

दुकौड़ी : बड़ा मजेदार मामला है यह तो। कंगालीचरण नाम का न जाने कौन आदमी है यह, जिसने अंग्रेजी, हिन्दी, बंगला आदि सभी अखबारों में खबर छपवायी है कि वकील दुकौड़ीदत्त ने इन लोगों की संगीत उत्थान सभा को पांच हजार रुपये दान किये हैं। दान तो जाये भाड़ में। मैंने सिर्फ उसकी गर्दन मरोड़नी ही बाकी रखी थी। खैर जो भी हो, मुफ्त में नाम तो खूब हो गया मेरा। इससे मुझे अपने पेशे में बड़ा सुभीता रहेगा, काफी मदद मिलेगी। सुभीता तो उनका भी होगा ही; लोग समझेंगे कि पांच हजार रुपये दान में मिले हैं, जरूर कोई भारी-भरकम सभा होगी। फल यह मिलेगा कि और भी बहुत-से लोगों से चन्दे में भारी-भारी रकमें वसूल होंगी। जो भी हो, मेरा नसीब अच्छा है।

(किरानी बाबू का प्रवेश)

किरानी : तो हुजूर ने संगीत उत्थान सभा को पांच हजार रुपये का दान दिया है ?

दुकौड़ी : (सिर खुजाते हुए) आ-ा-ा, अरे वह भी कोई बात में बात हुई । सुनते ही क्यों हो ? किसने कहा कि दिये हैं ? और मान लो कि दिये ही हैं, तो यह कौन-सी बड़ी बात हो गयी ? इतने गुल-गपाड़े की जरूरत ही क्या है ?

किरानी : आ-हा-हा-, विनयी हो तो ऐसा । नकद पांच हजार रुपये देकर छिपाने की कोशिश । यह किसी ऐसे-वैसे का काम नहीं ।

(नौकर का प्रवेश)

नौकर : नीचे के कमरे में बहुत लोग जमा हैं ।

दुकौड़ी : (मन ही मन) देखा न । एक ही दिन में कितना नाम फैल गया । (प्रकट में खुश होते हुए) उन्हें एक-एक करके ऊपर ले आना । और हां, पान-तम्बाकू दे जा ।

(एक व्यक्ति का प्रवेश)

दुकौड़ी : (कुर्सी खिसकाकर) : आइये,

पधारिये और हां साहब, तब तक पान-तम्बाकू तो शौक फरमाइये। अरे पान दे जा।

आगंतुक : (मन ही मन) वाह-वाह कैसा सरल स्वभाव है। इनसे मेरा काम न हुआ तो किससे होगा ?

दुकौड़ी : तो फरमाइये साहब, कैसे आना हुआ आपका ?

आगंतुक : आपकी दानशीलता पूरे देश में मशहूर ...

दुकौड़ी : अजी, उन अफवाहों को सुनते ही क्यों हैं ?

आगंतुक : जवाब नहीं इस विनय का। अब तक तो श्रीमान जी का केवल नाम ही नाम सुना था। आज आपके दर्शन पाकर तो धन्य-धन्य हो उठा।

दुकौड़ी : (मन ही मन) अब असली बात पर आया जा सकता है। बहुत लोग बैठे हैं। (प्रकट) तो जनाब ने अपने आने का कारण नहीं बताया ?

आगंतुक : देश की तरक्की तो आपके...

दुकौड़ी : जी, छोड़िये इन बातों को।

आगंतुक : यह भी ठीक ही कहा। श्रीमान जी की तरह जिन सज्जनों ने इस देश की धरती के ...

दुकौड़ी : अच्छा, आप ही जीते, मैं हारा। आपकी सारी बातें मानें लेता हूं। इसलिए अपनी बात के इस हिस्से को छोड़ दीजिए। उसके बाद ...

आगंतुक : विनयी के स्वभाव का तो लक्षण ही यही है कि अपनी तारीफ ...

दुकौड़ी : मुझ पर रहम खाइये साहब। असल बात बताइये।

आगंतुक : जानते हैं, असल बात क्या है ? हमारा देश दिन पर दिन विनाश की ओर जा रहा है।

दुकौड़ी : इसका एकमात्र कारण यह है कि हम बात को छोटा करना नहीं जानते।

आगंतुक : हमारा भारतवर्ष, हमारी धरती मां दरिद्रता के अंधे कुएं में ...

दुकौड़ी : (दुःखी होकर माथे पर हाथ रखकर बैठते हुए) कहे जाइये।

आगंतुक : गरीबी के अंधे कुएं में दिनों दिन ...

दुकौड़ी : महाशय, कुछ भी समझ नहीं पा रहा हूं।

आगंतुक : तब मुद्दे की बात बता दूं ...

दुकौड़ी : (आनन्द और आग्रहपूर्वक) हां, वही ठीक होगा।

आगंतुक : अंग्रेजों ने लूट लिया है और आज भी वे हमें लूट रहे हैं।

दुकौड़ी : हां, यह एक बात हुई। बहुत अच्छी बात है। सबूत इकट्ठे करें तो मजिस्ट्रेट की अदालत में मुकदमा पेश कर दूं।

आगंतुक : मजिस्ट्रेट भी लूटता है।

दुकौड़ी : तो फिर जिला-जज की अदालत में ...

आंगतुक : जिला-जज तो डाकू है।

दुकौड़ी : (चकित-सा होकर) आपकी बात जरा भी समझ में नहीं आ रही।

आगंतुक : मैं कह रहा हूँ, देश का धन विदेश जा रहा है।

दुकौड़ी : दुःख क़ी बात है।

आगंतुक : इसीलिए एक सभा ...

दुकौड़ी : (चौंककर) सभा !

आंगतुक : यह देखिये ना, बही ...

दुकौड़ी : (आंखें फाड़कर) बही !

आगंतुक : यथायोग्य चन्दा।

दुकौड़ी : (कुर्सी से उछलकर) चन्दा !

निकल जाओ। निकलो यहां से। निकलो। निकलो।

(हड़बड़, कुर्सी उलटना, स्याही गिरना, आगंतुक का तेज गति से बाहर जाना, गड़बड़)

(दूसरे व्यक्ति का प्रवेश)

दुकौड़ी : कहिये, क्या चाहिए ?

दूसरा : श्रीमान् जी आपकी दानशीलता की चर्चा पूरे देश में फैली है।

दुकौड़ी : यह सब हो चुका–हो चुका। कोई नयी बात हो तो कहिये।

दूसरा : आपकी देश-भक्ति ...

दुकौड़ी : हाय, मर गया। यह भी वही बातें कहता है।

दूसरा : देश के सभी कार्यक्रमों में आपकी रुचि ...

दुकौड़ी : यह तो बहुत बड़ी समस्या जान पड़ती हैं। असल बात साफ-साफ खोलकर कह डालिये।

दूसरा : एक सभा ...

दुकौड़ी : फिर सभा।

दूसरा : यह देखिये ना, बही ...

दुकौड़ी : बही-बही। काहे की बही ?

दूसरा : चन्दा वसूल ...

दुकौड़ी : चन्दा। (हाथ पकड़ के घसीटते

हुए) उठो, भागो, निकल जाओ। निकलो जान प्यारी है तो ...
(चन्दा मांगने वाले का तेजी से जाना; तीसरे व्यक्ति का प्रवेश)

दुकौड़ी : देखिये साहब, मेरी दानवीरता, देशभक्ति, विनयशीलता आदि सभी बातें खत्म हो चुकी हैं। उनके बाद से शुरू कीजिए।

तीसरा : आपकी उदारता, आपका बड़प्पन आपकी महानता ...

दुकौड़ी : महानुभाव, ये बातें रहने ही दें, सीधे बात शुरू करें।

तीसरी : हमारा एक पुस्तकालय ...

दुकौड़ी : पुस्तकालय ? सभा तो नहीं न ?

तीसरा : जी, नहीं। सभा नहीं।

दुकौड़ी : आह, जान बची। पुस्तकालय बहुत बढ़िया। उसके बाद से कहे जाइये।

तीसरा : यह देखिये ना। प्रॉसपेक्टस।

दुकौड़ी : बही तो नहीं ?

तीसरा : जी नहीं। बही नहीं है, छपा हुआ कागज है।

दुकौड़ी : आह ! फिर ?

तीसरा : यथायोग्य चन्दा ...

दुकौड़ी : (उछलकर) चन्दा ! ओ-रे, अरे

मेरे घर डाका पड़ा रे । पुलिस, पुलिस ।

(तीसरा व्यक्ति बदहवास होकर भागता है । हरिशंकर बाबू का प्रवेश)

दुकौड़ी : आख्खा, हरिशंकर । आओ-आओ, भई, आओ । कालेज की पढ़ाई के दिनों का वह साथ ! हाय, उसके बाद से तो कभी मुलाकात ही नहीं हुई । क्या बताऊँ, तुम्हें देखकर कितना आनन्द मिला है ।

हरिशंकर : भाई, तुम्हारे साथ सुख-दुःख की बहुत-सी बातें करनी हैं । लेकिन सो सब पीछे होंगी; पहले एक बात काम की हो ले ।

दुकौड़ी : (खुश होकर) काम की बात बड़ी देर से कोई सुनने को नहीं मिली । कहो भाई, कहो, जरूर कहो ।

(हरिशंकर दुशाले के भीतर से बही निकालते हैं)

दुकौड़ी : अरे, यह क्या है यह ? कुछ बही जैसी चीज निकली आ रही है ।

हरशंकर : हमारे मुहल्ले के लड़कों ने मिलकर एक सभा ...

दुकौड़ी : (चौंककर) सभा !

हरिशंकर : सच, सभा ही है। सो, कुछ चन्दे के लिए।

दुकौड़ी : चन्दा ! देखो भाई, तुम्हारे साथ मेरा पुराना प्रेम-भाव है, लेकिन अगर चंदे का फिर मेरे सामने नाम लिया तो समझ लो कि सदा-सदा के लिए बात बिगड़ जायेगी। इसीलिए कहे देता हूं, हां।

हरिशंकर : अच् छा-ा ! तुम जाने कहां कहां की बरसाती संगीत सभा को तो पांच-पांच हज़ार रूपये का दान दे सकते हो, पर मित्र के अनुरोध पर पांच रुपये के ऊपर दस्तखत नहीं कर सकते। अब कौन पाखंडी होगा, जो यहां पर थूकने को भी आये।

(तेजी से चले जाते हैं)

(हाथ में बही लिये एक व्यक्ति का प्रवेश)

दुकौड़ी : बही ? फिर बही ? भागो, भाग जाओ।

बहीवाला : (डरकर) मैं नन्दलाल बाबू का ...

दुकौड़ी : नन्दलाल-फन्दलाल मैं कुछ नहीं समझता, अभी भाग जाओ यहां से।

बहीवाला	:	जी, वह रुपया।
दुकौड़ी	:	रुपया-उपया मैं नहीं देने का। भागते हो कि नहीं ? अभी···
		(बहीवाले का भागना)
किरानी	:	हुजूर, यह क्या कर दिया आपने ? नन्दलाल बाबू के वहां से आपका पैसा लाया था वह। उस रुपये के वसूल हुए बिना आज का काम कैसे चलेगा ?
दुकौड़ी	:	सत्यानास। बुलाओ उसे, बुलाओ।
		(किरानी का प्रस्थान और कुछ क्षण बाद प्रवेश)
किरानी	:	वह तो चला गया। कहीं दिखायी नहीं पड़ा।
दुकौड़ी	:	लगता है भारी चक्कर में आ फंसे हैं। क्या मुसीबत है।
		(तानपूरा लिए एक व्यक्ति का प्रवेश)
दुकौड़ी	:	क्या है ?
तानपूरेवाला	:	आप जैसा संगीत-प्रेमी कौन होगा ? संगीत की तरक्की के लिए आपने क्या नहीं किया। आपको गाना सुनाऊँगा।
		(झट तानपूरा छेड़कर गाने लगना)
		जय जय दुकौड़ी दत्त,

जग में अनुपम महत्व।

दुकौड़ी : अरे सत्यानास, सत्यानास। रुको।

(तानपूरा लिये दूसरे व्यक्ति का प्रवेश)

दूसरा : यह कमबख्त गाना क्या जाने महानुभाव ? मेरा सुनिये :

धन्य दुकौड़ी दत्त धन्य,
महिमा तव जाने कौन अन्य।

(दोनों जोर-जोर से गाने लगते हैं)

दुकौड़ी : (कानों में उंगली डालकर) अरे-रे मैं तो गया, गया, बचाओ, बचाओ।

(तबलों का जोड़ा लिए तबलची का प्रवेश)

तबलची : जनाब, संगत-वंगत नदारद तो गाना कैसा ? ऐसा भी कहीं हुआ है ?

(तबला बजाता है)

(दूसरे तबलची का प्रवेश)

दूसरा तबलची: यह संगत करना क्या जाने ? इसे तो बायां पकड़ना तक नहीं आता।

पहला तबलची: तू ठहर जा बेटे।

दूसरा तबलची: तू ही ठहर जा ना।

पहला : तुझे गाने-बजाने से क्या वास्ता ?

दूसरा : तू क्या जानता है ?

(दोनों तानपूरे वाले पहले बहस करते

हैं फिर लड़ पड़ते हैं)

(दोनों तबलची भी झगड़ने के बाद मार-पीट करने लगते हैं)

(गवैयों, बजवैयों और बही वाले-चन्दे वालों का प्रवेश। सभी एक साथ बोलते हैं)

: साहब, गाना।

: साहब, चन्दा।

: साहब, सभा।

: आपकी महानता ...

: अरे, तू जरा ठहर जा ना बेटे।

(सभी दुकौड़ी की चादर पकड़कर चारों ओर खींचते हैं)

('सुनिये साहब, मेरी बात सुनिये साहब' आदि के शोर से कमरा गूंज उठा)

दुकौड़ी : (बहुत दुःखी होकर किरानी से) मैं तो चला ननिहाल। कुछ दिन मामा के पास ही रहूंगा। किसी को मेरा पता मत बताना।

(चला जाता है)

(घर में दिन भर गवैयों-बजवैयों का कुरुक्षेत्र-युद्ध)

(शाम को झगड़ा निबटाने में किरानी बुरी तरह से घायल हो जाता है।)

बिरछा बाबा की खोज

ऊधो	:	क्यों गोबरा, कुछ पता चला क्या ?
गोबरा	:	ना आहं, तुम्हारी बात पर महीने भर से वन-वन मारा-मारा फिर रहा हूं। चक्कर काटते-काटते शरीर भी आधा रह गया, पर उसकी चुटिया भी दिखाई नहीं पड़ी।
पांचू	:	किस का पता लगा रहा है गोबरा ?
गोबरा	:	बिरछा बाबा का।
पांचू	:	बिरछा बाबा ? यह कौन-सा बाबा है रे ?
ऊधो	:	तू नहीं जानता ? उन्हें तो सारी दुनिया जानती है।
पांचू	:	अच्छा ? बिरछा बाबा का यह मामला है क्या भला ?

ऊधो : बाबा जिस पेड़ पर चढ़ कर बैठ जाते हैं, वही कल्पवृक्ष हो उठता है। उसके तले खड़े होकर हाथ फैलाते ही मुंह-मांगी मुराद मिल जाती है।

पांचू : यह सब तुझे किसने बताया ?

ऊधो : गूदड़ गाँव के भेकू ने। बाबा उस दिन गूलर के पेड़ पर बैठे पैर हिला रहे थे। भेकू को इसका पता नहीं था। वह उसी पेड़ के नीचे होकर कहीं जा रहा था। उसके सिर पर हाँड़ी में शीरा भरा था। भेकू हुक्के का तम्बाकू बनाने के लिए शीरा लिये जा रहा था। बाबा के पैर की ठोकर से हाँड़ी उलट कर नीचे गिर पड़ी। शीरे से उसके मुंह, नाक, आंख आदि सब मुंद गये। बाबा दया के सागर हैं। बोले, "भेकू, खुलकर बता कि तेरे मन की कामना क्या है।" भेकू बुद्धू का बुद्धू ही निकला। बोला : "बाबा, एक लत्ता दे दो, मुंह पोंछ डालू।" इतना कहना था कि पेड़ से एक अंगोछा नीचे गिरा। मुंह-आँख पोंछकर भेकू ऊपर

देखता है तो वहां कहीं कोई नहीं। बात यह है कि बाबा से कोई एक ही कामना की जा सकती है। बस, एक कामना कर लेने के बाद रोते-रोते आसमान भी फाड़ डालो तो भी कोई सुनवाई नहीं होगी।

पांचू : हाय रे हाय, शाल न दुशाला, मांगा भी तो क्या मांगा—एक अंगोछा। हां भेकू की सूझबूझ हो ही कितनी सकती थी भला।

ऊधो : सो हुआ करे, बला से। उस अंगोछे से ही उसका काम फर्राटे से चल रहा है। देखा नहीं ? रथ-मेले के पास उसने आठ छप्परों वाला कितना बड़ा बंगला बनवाया है। अंगोछा ही सही, पर ऐसा-वैसा अंगोछा नहीं, बाबा का अंगोछा है।

पांचू : सो सब कैसे हुआ ? कोई इन्द्रजाल तो नहीं ?

ऊधो : होंदलपाड़ा के मेले में भेकू बाबा का अंगोछा बिछाकर बैठ गया। हजारों हजार लोग आ जुटे। बाबा के नाम पर रुपये, चवन्नियां, आलू, मूली आदि चढ़ावे चारों ओर

से उस अंगोछे पर बरसने लगे। औरतें आतीं और चिरौरी करने लगतीं—'ओ भेकू भैया, मेरे छोरे के सिर से बाबा का अंगोछा छुआ दे जरा, बेचारा तीन महीने से बुखार में पड़ा है।' अंगोछा छुआने का नेम यह है कि सवा रुपया तो चढ़ावा लगता है और साथ में पांच सुपारियां, पांच पाव चावल और पांच छंटाक घी भी देना पड़ता है।

पांचू : चढ़ावे तो चढ़ रहे हैं, पर फल भी कुछ मिलता है या यों ही ?

ऊधो : मिलता क्यों नहीं ? गाजन पाल ने लगातार पन्द्रह दिन तक अंगोछे में भर-भर कर धान दिया और फिर उसकी खूंट में रस्सी बांधकर एक खस्सी भी हवाले किया। खस्सी की मिमियाहट सुनकर कितने ही लोग आ जुटे। क्या कहूं भाई, ग्यारह महीने के बाद ही गाजन को नौकरी मिल गयी।

पांचू : सच ?

ऊधो : सच नहीं तो क्या ? गाजन मेरे ममेरे भाई का छोटा साढ़ू ठहरा।

पांचू : अच्छा भाई ऊधो, अंगोछे को तूने

देखा है ?

ऊधो : देखा क्यों नहीं है ? हदूगंज की खड्डी का डेढ़गजी टुकड़ा। चंपई जमीन, लाल किनारी। हूबहू वही चीज।

पांचू : क्या कहता है तू ? खैर, पेड़ के ऊपर से कैसे गिरा ?

ऊधो : यही तो मजे की बात है। सब बाबा की दया।

पांचू : चल भाई, चल। बाबा को ढूंढ़ा जाये। पर पहचानेंगे कैसे ?

ऊधो : यही तो मुश्किल है। देखा तो उन्हें किसी ने भी नहीं। एक को मौका भी मिला तो लो, भेकू बेटे की आंखें ही शीरे से मुंद गयीं।

पांचू : फिर उपाय क्या है ?

ऊधो : मुझे तो कहीं भी कोई मिलता है तो हाथ जोड़कर पूछ बैठता हूं, 'कृपा करके यह बताइये कि बिरछा बाबा आप ही तो नहीं हैं ?" सुनते ही लोग मारने को दौड़ पड़ते हैं। एक ने तो मेरे सिर पर हुक्के का पानी डाल दिया।

गोबरा : डालें। पर हम भी पिंड नहीं छोड़ने के। ढूंढ़ के ही मानेंगे।

कौन जाने नसीब में क्या लिखा हो।

पांचू : भेकू कहता है कि पेड़ पर चढ़े बाबा को ही पहचाना जा सकता है। जब पेड़ से नीचे होते हैं, तब तो उन्हें पहचानना बहुत मुश्किल है।

ऊधो : पेड़ों पर चढ़-चढ़कर कहां तक ढूंढ़ते फिरेंगे। मैंने एक रास्ता निकाला है। मेरे पेड़ पर आम लदे हैं। जिसे देखता हूं, उसी से कहता हूं–'बाबा आम तोड़कर लेते जाओ।' पेड़ लगभग सूना हो चला। डाल भी खूब टूटी हैं।

पांचू : अब देर करना ठीक नहीं। चलो चलें। नसीब का जोर होगा तो दर्शन होंगे ही। एक बार पूरा जोर लगाकर पुकारना भाई। बिरछा बाबा, हे बाबा, दयालु बाबा, वन में कहीं छिपे हो तो एक बार हम अभागों को दर्शन तो दो।

गोबरा : अरे, दया हो गयी रे! हो गयी शायद!

पांचू : कहां रे, कहां?

गोबरा : वह देख, हर्फ-रेवड़ी के पेड़ पर!

पांचू : क्या रे ? क्या है हर्फ-रेवड़ी पर ? मुझे तो कुछ भी दिखाई नहीं पड़ता ।

गोबरा : वह देख ना, वह क्या झूल रहा है ।

पांचू : क्या झूल रहा है ? वह तो पूंछ है रे ।

ऊधो : तुम्हारी अक्ल को क्या हुआ, गोबरा । वह बाबा की नहीं, हनुमान की दुम है रे । देखता नहीं, मुंह बिचका रहा है !

गोबरा : घोर कलियुग है, यह क्यों भूलते हो ? बाबा ने ही हमें भुलावा देने के लिए बंदर का रूप धारण किया है ।

पांचू : भुलावा नहीं दे सकते बाबा । काला मुंह दिखाकर हमें भुलावा नहीं दे सकते तुम । जी भर बिचका लो मुंह, हम तो टलने के नहीं । अब तो तुम्हारी इस श्री-पूंछ की शरण हैं ।

गोबरा : अरे-रे-रे, बाबा तो लम्बी छलांग लगाकर भागने लगे ।

पांचू : भाग के जायेंगे कहां ? हमारी भक्ति की दौड़ से पार कैसे पायेंगे

गोबरा : वह बैठे, कैंथ की फुनगी पर।

ऊधो : पांचू, चढ़ जा ना कैंथ पर।

पांचू : अरे तू ही चढ़ ना।

ऊधो : अरे तू चढ़।

पांचू : इतने ऊँचे पर हम नहीं चढ़ सकते बाबा, कृपा करके उतर आओ।

ऊधो : बाबा, यही असीस दो कि तुम्हारी उस श्री-पूंछ को गले में लपेटकर अंत-घड़ी आंखें मूंदूं।

* * * * *

नितिन : पूपू अगर तुम्हें बिरछा बाबा मिल जाते, तो तुम क्या मांगतीं?

पूपू : भैया, मैं तो ऐसी कलम मांगती, जिससे लिखने पर गणित के सवालों में कभी भूल न हो।

नितिन : अरी पगली, ऊधो, पांचू और गोबरा जैसे लोग कम बुद्धि कहलाते हैं। कभी भी बिना सोचे-समझे हर बात पर विश्वास नहीं कर लेना चाहिए। गणित के सवालों में कभी गलती न हो, इसके लिए कड़ी मेहनत की जरूरत होती है। भगवान भी सिर्फ मेहनती बच्चों की ही मदद करते हैं।